Conan, o bárbaro

Primeira parte

Erika Sanders

Título
Conan, o Bárbaro:
Primeira Parte
De
Erika Sanders

Serie
Conan, o bárbaro Vol. 1 al 4

Sinopse

Conheça as mulheres na vida de Conan como você nunca foi informado antes ...

Depois de novas aventuras e novos triunfos, Conan e seu grupo retornam à cidade onde está agora sua casa, Tarantia.

O retorno os fará perder as aventuras? Ou será melhor do que o esperado?

Esta publicação contém os volumes 1 a 4:
1 - Conan
2 - Zula
3 - Cassandra
4 - Valéria

Nova série baseada nos personagens das obras de Robert E. Howard.

Nota sobre a autora:

Erika Sanders é uma conhecida escritora internacional que assina seus escritos mais eróticos, longe de sua prosa habitual, com seu nome de solteira.

Índice:

CONAN, O BÁRBARO
PRIMEIRA PARTE
DE
ERIKA SANDERS

CAPÍTULO I
CONAN

O sol estava brilhando na cidade de Tarantia enquanto o pequeno grupo contornava o topo da colina.

As torres brancas, as cúpulas de cobre e os minaretes brilhavam à luz do sol, acolhendo-os após sua longa jornada.

As últimas semanas foram emocionantes, perigosas, pois haviam explorado catacumbas perdidas em busca de tesouros, afastando monstros e espíritos malignos por seu prêmio.

Na verdade, eram as moedas que agora carregavam suas mochilas.

Conan olhou para seus colegas, camaradas leais nas batalhas que enfrentaram e muitos outros antes.

Lady Yasimina era a líder do grupo, apesar de suas origens estrangeiras.

Nascida na aristocracia em algum lugar do sul, além do rio Styx, ela não era nada como os nobres de Tarântia ou de suas cidades vizinhas.

Seu cabelo loiro na altura dos ombros estava livre no ar quando ela tirou o capacete, e seus lábios pálidos formaram um sorriso ao ver a cidade à frente.

Poderia ser estrangeiro, mas Tarantia também se tornara um lar para ela nos últimos anos.

Com o pó da jornada e o calor das batalhas passadas, apenas seu porte real agora marcava sua ascendência nobre, mas, uma vez que eles já haviam retornado, não havia dúvida de que ela seria capaz de se mover novamente entre a nobreza com seu conhecimento de o rótulo obrigatório, o que torna alguém ideal como porta-voz do grupo.

Muito mais que um bárbaro como Conan.

Em contraste com Lady Yasimina, que era musculosa e fortemente blindada, ao lado de Conan estava Valéria, ela era uma feiticeira elfa, armada apenas com uma adaga enfiada no cinto.

Ela estava vestindo roupas de viagem agora, é claro, mas amanhã, ele tinha certeza de que ela estaria vestida com roupas ricas que complementavam sua beleza.

Tão pálido e loiro quanto Yasimina, seu cabelo era longo, atualmente preso em um longo rabo de cavalo para revelar os pontos altos de suas orelhas.

Ele viveu entre as florestas das ilhas do sul por grande parte de sua vida, o que talvez explique sua expressão estranha à medida que a cidade se aproxima.

Mas parecia, pensou Conan, calmo e relaxado.

Talvez para ela, como elfa, este fosse apenas o fim de outra viagem, uma pausa entre as viagens, em vez de uma verdadeira volta ao lar.

Zula, a terceira das mulheres, parecia a mais feliz.

A pequena elfa sentou-se à frente na sela do pônei, com os olhos fixos na cidade à frente.

Ele já havia tentado se arrumar antes da chegada, tirando o pó da roupa e, mesmo agora, ajeitou a túnica avermelhada e passou a mão pelo cabelo castanho curto.

Ele parecia estar antecipando o regresso a casa mais do que os outros, e Conan achava que isso costumava ser assim.

Ela sabia que os elfos eram amantes da família e do lar, e embora Zula não tivesse parentes vivos que ele conhecesse, talvez, para ela, este fosse seu lar, o lugar onde ela se sentisse mais confortável.

Ela certamente era natural da cidade, como ele.

Como sempre, Snagg foi o mais difícil de ler.

O anão era taciturno, como todos os seus parentes, e seu rosto não mostrava emoção agora.

Sua armadura era pesada e desgastada, pois ele havia sofrido o impacto da luta nas últimas semanas, e ele teria se machucado ou pior, se não fosse a mágica curativa de Yasimina.

Os olhos escuros sob as sobrancelhas grossas permaneceram fixos no caminho à frente, absorvidos em quaisquer pensamentos que os anões frequentemente mantinham para si.

Conan virou-se e olhou para Tarantia.

Agora esta era sua casa, onde ela havia crescido e aprendido o que é agora, muito antes de conhecer os outros.

Eu não tinha dúvida de que estava feliz em voltar.

Em pouco tempo, ele sabia, eles estariam à procura de aventura novamente, e ele estava aproveitando esses momentos.

Mas a cidade tinha muitos prazeres que lhe foram negados ao longo do caminho.

Era um lugar civilizado, semelhante a um santuário.

Nos próximos dias, haverá muitas coisas a fazer.

Ele teve que frequentar a Escola Guerreira e se reunir novamente com seus amigos e colegas e continuar seu treinamento.

E também, para fazer suas meditações na capela do templo, onde, ali mesmo, ele orou à divindade mais próxima de seu coração: Muriela, a deusa do amor.

Mas, acima de tudo, ele teria tempo para relaxar, desfrutar de banhos públicos, boa comida e vinho, conversar nos mercados e, se Muriela concordasse, encontrar companhia para a noite.

* * *

A vila estava localizada perto do lado oeste da cidade, não muito longe do muro.

Era um prédio grande, primeiro comprado e depois reformado, com o dinheiro que haviam ganho com as aventuras.

Conan e Zula insistiram nisso; Eles moravam em estalagens enquanto estavam fora, mas queriam um lugar para retornar, uma base de operações que eles realmente poderiam chamar de seus.

Demorou um pouco para restaurar o edifício ao seu estado atual, pois estava bastante deteriorado quando comprado.

Mas o resultado valeu a pena o tempo e as despesas.

O edifício central tinha dois andares e, como muitos outros na cidade, um telhado largo e plano onde eles poderiam se encontrar no verão.

De cada lado havia duas asas, uma das quais continha os estábulos.

E entre as asas havia um amplo pátio, isolado do resto da cidade.

Para os aventureiros, ter pelo menos algum nível de defesa veio naturalmente, mesmo que estivessem seguros como deveriam estar em Tarantia.

Yakin fechou as portas quando o último dos cavalos entrou no quintal.

Ele era jovem, competente em seu trabalho como administrador, mas não era aventureiro.

Eles o contrataram um ano atrás, percebendo que alguém tinha que ficar com a casa enquanto eles estavam no deserto.

"Eles fizeram bem?" ele perguntou: "Vejo que nenhum de vocês está ferido, graças aos deuses!"

Conan sorriu, desmontou e bateu nas costas do jovem.

"Sim, fizemos um bom trabalho. Precisamos levar esse tesouro para o cofre e depois nos limpar. Vamos exigir apenas um almoço leve; vamos reservar um tempo para trazer alguns suprimentos frescos".

Ele olhou para os outros.

Eles também desmontaram de seus cavalos e pôneis, esticando as pernas após a viagem.

Yasimina e Valéria se juntaram a ele para cumprimentar Yakin, mas Snagg apenas acenou em sua direção, sem dizer nada.

Zula parecia estar ocupada com as mochilas no cavalo, apenas ocasionalmente olhando em sua direção.

Talvez ela pensasse que algo havia se soltado ...

Conan afastou o pensamento de sua mente.

"Nós contaremos tudo nesta tarde", disse Yasimina, "mas, antes de tudo, estou ansioso por tomar um banho e algumas roupas limpas. E, à noite, uma boa refeição, poderia ser? Tudo estará pronto?" ? "

"Sim, minha senhora", respondeu Yakin, "e nada importante aconteceu enquanto ele estava fora, tenho o prazer de dizer que tudo está como ele o deixou."

"Bem, veja bem", Conan falou, "esta noite, acho que gostaria de ir a uma taberna. Gaste um pouco desse dinheiro suado e lembre-se de como é estar de volta à cidade! Tem alguém comigo?" "

Snagg assentiu, rosnando, mas as mulheres protestaram.

"Não, acho que um pouco de paz e tranquilidade é mais atraente para mim hoje", respondeu Valéria. "Eu vou ficar aqui esta noite."

"O mesmo que eu", respondeu Yasimina, que então olhou para o último membro do grupo, que ainda não havia se juntado a eles: "E você, Zula?"

"Oh ..." disse a pequena elfa, como se estivesse um pouco surpresa, "não, não, acho que vou ficar aqui também. Acho que vou para a cama cedo, na verdade. Sinto-me bastante cansado depois todo esse tempo acampando em tendas ".

Conan assentiu. Seria, talvez, bom passar uma noite com uma empresa diferente por um tempo, tendo viajado junto com as outras por tanto tempo.

"Só você e eu, Snagg", disse ele, acrescentando: "Vamos tentar não ficar barulhentos quando voltarmos. Mas primeiro, temos uma tarde pela frente ... e um jovem para entreter. Com nossas histórias de aventura. , Hã?"

***

A pousada A Taça de Ouro estava cheia, como sempre naquela hora da noite.

Embora o local alugasse quartos, era ao mesmo tempo uma taberna e uma pousada; portanto, quando as sombras começaram a se alongar do lado de fora, muitas das pessoas boas de Tarântia tomaram uma bebida antes de voltar para casa.

No entanto, a clientela era geralmente respeitável, então havia poucas chances de uma briga ou, de outro modo, de algo desagradável, como costumava acontecer em tabernas em outras partes da cidade em áreas menos recomendadas.

Foi por isso que Conan gostou, e também porque os visitantes moderadamente ricos de fora da cidade costumavam ficar aqui, então também era um bom lugar para encontrar trabalho.

Mas não foi por isso que ele e Snagg vieram aqui hoje à noite.

Eles tiveram um pouco de trabalho até agora.

Ele queria relaxar e se divertir, pelo menos por uma noite.

Ele encontrou uma mesa livre e os dois se sentaram e pediram uma bebida.

A garçonete, que não pôde deixar de notar, era bonita.

Ela tinha vinte e poucos anos, cabelos cacheados na altura dos ombros, da cor da areia dourada, olhos castanhos e um sorriso acolhedor.

Sua camisa branca de mangas curtas era decotada e revelava um decote amplo.

E a pele dela, pelo que pude ver, era bonita e levemente bronzeada.

"Você é novo", disse ele, sorrindo enquanto ela se aproximava com uma bandeja de bebidas, "qual é o seu nome?"

"Lívia", ele disse simplesmente, presenteando-a com um sorriso cheio de belos dentes brancos.

Ao fazer isso, ele notou que os olhos dela se moveram sobre ele, absorvendo seus cabelos escuros, barba curta e o que ele esperava era um corpo atlético e razoavelmente magro, devido ao trabalho que muitas vezes o fazia se exercitar.

O olhar dele pairou levemente sobre as orelhas dela, levemente pontudo e mostrando sua herança meio elfa.

"Estou trabalhando aqui há algumas semanas, mas nunca o vi antes. Ele vem frequentemente?"

Ele colocou alguns jarros sobre a mesa, olhando brevemente para Snagg, mas depois, aparentemente sem ver nada de interessante, voltou-se para Conan.

"Meu nome é Conan", respondeu ele, "e eu realmente moro perto. Mas Snagg e eu estivemos fora ultimamente, fora daqui."

"Um aventureiro?" ela disse, parecendo impressionada, "ou um comerciante, talvez?"

"Primeiras coisas, e eu acho que poderia ter muitas histórias interessantes para contar, se você tiver tempo."

Snagg olhou levemente para o comentário.

Claro, para um anão, mesmo isso foi um pouco demais.

"Mais tarde, talvez", disse Livia, "existem outros clientes".

Outro sorriso rápido, e ela desapareceu de volta para a multidão.

"Bem, meu amigo", disse Conan, virando-se para seu colega aventureiro e erguendo sua caneca "Por nossas vitórias recentes!"

E com o passar da noite, eles trocaram histórias de suas aventuras recentes e um pequeno grupo começou a se reunir em volta da mesa.

De alguns, Conan sabia que eram contatos e amigos que também frequentavam essa taberna, mas outros eram pessoas que ele vagamente reconheceu, na melhor das hipóteses.

Snagg ficou mais volúvel enquanto bebia mais cerveja, mas o guerreiro não viu razão para detê-lo.

Ele falou mais sobre brigas e escapadas de quase-morte do que sobre riquezas e tesouros, e de que adiantava ser um aventureiro se você não podia se gabar um pouco?

Além disso, sua atenção estava frequentemente em outro lugar.

Quando Snagg começou uma história sobre como combater um morto-vivo sombrio, Conan olhou para Lívia.

Ele notou que prestara atenção às histórias, e seus olhos estavam mais nele do que no anão, independentemente de quem falasse.

Agora, porém, ela estava curvada para procurar um jarro atrás do balcão.

Sua saia verde caiu no meio da panturrilha, para que ela pudesse ver um pouco de suas pernas, mas sua bunda era bem redonda.

Ela imaginou sem a saia, como seria em suas mãos em concha ...

"E então...?"

"Hmm?" Ele se virou para Snagg, ciente de que estava olhando para o outro lado e havia perdido o fio da conversa.

"Diga a eles o que você fez em seguida", ele alertou o anão, "depois que o frasco de Yasimina caiu no poço".

Ele obedeceu, voltando à história e momentaneamente esquecendo Lívia.

Mas então ela apareceu do outro lado da mesa, limpando uma mancha no caminho.

Ela se inclinou ao fazê-lo, muito deliberadamente, pensou, dando uma visão clara e desobstruída do topo de sua blusa e dos montes de seus seios salientes acima do decote.

Ele limpou a garganta, "de volta para você ..." ele disse para Snagg.

Lívia mostrou a ele aquele sorriso novamente, deslizando pela mesa até que ele estivesse ao lado dela, trazendo sua linda coxa contra a mão dele.

Não poderia ser um acidente, então ele subitamente escondeu a mão, sentindo a forma do corpo dela através do tecido grosso da saia, dando um leve aperto nas nádegas.

Ela não disse nada, e todo mundo estava olhando para Snagg naquele momento.

Ele olhou para ela, e ela ergueu os olhos para o teto, em direção aos quartos da estalagem, e piscou para ele.

Ele assentiu silenciosamente, e então ela saiu, voltando para o bar e outro grupo de clientes.

***

Conan passeava pelo quarto escuro.

A lua maior estava nascendo para fora, lançando sua luz prateada sobre a cidade, e parte dela derramada pela pequena janela.

A tarde chegou ao fim e Snagg saiu, retornando sozinho à vila.

Ele parecia resignado a isso, não particularmente surpreso, mas nem aprovado.

Os anões, afinal, não adoravam Muriela.

Conan já tinha tirado a cintura e tirado as sandálias, as roupas agora dobradas em uma cadeira no canto.

O quarto continha apenas uma cama e uma pequena mesa.

Não era um dos melhores quartos do poso, mas isso realmente não importava.

Não havia espelho, mas o guerreiro estava ajeitando o cabelo de qualquer maneira, tentando parecer o seu melhor.

Ele podia ouvir que estava se limpando no andar de baixo, agora que os últimos convidados haviam voltado para casa ou para o andar de cima.

Houve uma batida silenciosa na porta e ele rapidamente se aproximou para abri-la.

Lívia estava emoldurada na porta, segurando uma vela em um pequeno prato na mão.

A luz das velas iluminava o rosto e o peito, os cabelos encaracolados lançando sombras, os lábios ligeiramente separados e convidativos.

"Eu estava começando a pensar que você não viria", ele disse brincando, mas a espera não tinha sido muito longa.

"Eu não tive chance", disse ela, mostrando aquele sorriso mais uma vez.

Ela rapidamente entrou na sala, fechando a porta firmemente atrás dela e colocando a vela na mesa.

Conan se moveu para desligá-lo, mas ela pegou a mão dele, segurando-a na dela.

Sua pele era macia, quente.

- Deixe ligado - murmurou Livia, os olhos vagando pelo peito nu e até a parte superior do corpo.

De repente, ela pegou a cabeça dele com a mão livre e o puxou para ela, beijando-o apaixonadamente.

O beijo demorou, seus lábios pressionados juntos.

Conan a abraçou, puxando-os juntos, esmagando os seios voluptuosos contra o peito dele, separados apenas pelo tecido de algodão da camisa.

Os braços dela o envolveram, as mãos explorando as costas dele, enviando um formigamento de antecipação por sua espinha.

Eles pararam, respiraram fundo e se entreolharam nos olhos, depois se beijaram novamente, suas línguas entrelaçadas.

Por fim, ela se retirou e ele olhou para ela novamente, admirando a maneira como seu peito se elevou.

Ele se abaixou e tirou a blusa branca, deslizando as mãos pelos lados dela, e depois a levantou sobre a cabeça enquanto ela levantava os braços.

Ela sorriu novamente, proferindo a frase simples: "Eu pareço bem com você?"

Era uma pergunta que realmente não precisava de resposta; ela era magnífica.

Em vez de responder, ele colocou os seios em suas mãos, passando os dedos sobre a pele dela.

Seus mamilos eram grandes e rosados, eles já estavam duros quando ele acariciava com os polegares.

Ele a puxou para ele novamente, e eles se beijaram quando ele passou as mãos pelos cabelos dela, traçando os contornos do pescoço dela.

Ele a carregou gentilmente para a cama, beijando-a alternadamente e tocando seus seios.

Livia suspirou enquanto estava deitada de costas e ele subiu na cama ao lado dela.

Ele beijou o queixo dela, e depois o pescoço dela, até a clavícula.

Ela parou por um momento, admirando a forma dos seios, depois inclinou a cabeça em direção a uma, roçando o mamilo com a língua.

Ela murmurou algo inaudível, mas feliz, e ele continuou, sugando suavemente e passando a língua sobre a pele sensível.

Ele massageou seu peito livre, depois mudou de postura.

Tinha um gosto bom, quando as próprias mãos desceram pelo braço, por cima do ombro, sentindo o corpo firme.

Ele olhou para cima e seus olhos se encontraram novamente.

"Mmm ... não pare", ela disse.

Em vez de responder, ele a beijou na base do esterno e depois desceu a barriga.

Ele refletiu novamente sobre a suavidade de sua pele e o formato de seu corpo, bem modelado, mas sem músculos duros.

Ela alcançou a faixa da saia, escorregando da cama para se posicionar entre as pernas.

Ele puxou a saia e a calcinha de algodão sobre os quadris dela, deslizando-os sobre as pernas para colocá-las no chão.

Lívia tirou os sapatos e ficou nua e desamparada diante dele.

Nuas, as pernas dela pareciam tão boas quanto ele o imaginara na taverna.

Ele passou as mãos pelas coxas dela, movendo-as lentamente para cima e beijou seus quadris, bem ao lado do monte de pelos pubianos.

Suas pernas estavam afastadas, e ele soprou suavemente entre elas, o calor de sua respiração causando-a, enquanto ela observava, à luz de velas, uma gota de umidade brilhando entre elas.

"Oh sim", Livia suspirou, "sim, por favor ..."

Ela passou a língua sobre a fenda, depois separou os lábios, sondando a carne quente e aconchegante de sua vagina.

Lívia ofegou de prazer, seus quadris torcendo luxuriosamente contra os lençóis.

Conan colocou as mãos nas nádegas dela e continuou chupando e lambendo, jogando a língua contra o clitóris.

Lívia estava gemendo baixinho agora.

Ele se abaixou para acariciar seus cabelos, correndo ao longo do contorno pontudo de sua orelha esquerda.

Ele olhou para cima, observando aqueles seios maravilhosos subirem e descerem enquanto sua respiração aumentava cada vez mais.

Ele voltou à sua tarefa, agora enfiando um dos dedos na boceta dela enquanto continuava a lamber.

Enquanto brincava com seu clitóris, ela gemeu, movendo-se ligeiramente embaixo dele, então fez isso de novo, transformando seus gemidos em suspiros apaixonados.

Ele se levantou, mais uma vez admirando a beleza da garota diante dele.

Lívia se apoiou nos cotovelos, o suor escorria pelo rosto e enfiou uma mecha de cabelo na testa.

Seu olhar viajou pelo corpo dela, quando ele mais uma vez se sentou na cama ao lado dela.

"Você gostou, não gostou?"

Ele a provocou, recebendo um beijo em resposta.

Ele estendeu a mão para acariciar um dos seios dela novamente, enquanto a mão deslizava pelo lado dela.

Ela puxou o cinto, afrouxou o cordão com alguma dificuldade e depois os colocou sobre as coxas.

Ele tirou as calças, e a mão dela alcançou seu pênis, acariciando ao longo de seu comprimento e passando o dedo pela ponta, roçando o casulo.

Ele beijou seu seio mais próximo novamente, chupando o mamilo, lambendo-o, enquanto sua própria mão acariciava sua ereção.

Ele ficou maravilhado com a suavidade de seu toque, que parecia apenas levá-lo a um êxtase maior.

Ela esfregou seu pênis contra os cabelos molhados de sua vagina, e ele olhou para seu olhar implorador.

Girando a perna dela, ele subiu em cima dela, seu peso pressionando contra seus seios.

Ela o guiou para dentro quando ele empurrou profundamente em sua boceta aconchegante.

"Oh deuses", ela murmurou, passando um braço atrás do pescoço e segurando as nádegas com a outra mão enquanto ela continuava balançando para frente e para trás.

Eles estavam ofegantes agora, o prazer brotando dentro dele enquanto ele empurrava novamente e novamente dentro de seu corpo.

Eles se beijaram quando ele massageou um de seus seios, e ela passou o dedo pelo contorno de sua orelha.

Ele parou por um momento, não querendo que o evento terminasse muito cedo.

Seus olhos castanhos estavam vivos, brilhando à luz das velas, e seu sorriso era tão contagioso e convidativo como sempre.

Ele começou a se mover novamente, sentindo os quadris dela apertando contra ele, sua mão segurando suas nádegas mais apertadas agora, seus seios suados, enquanto ele continuava dançando seus mamilos rosados e inchados.

Lívia gritou quando ele veio, agarrando-a enquanto seu próprio orgasmo sacudia seu corpo.

Até Conan não esperava que sua primeira noite de volta da aventura fosse tão agradável ...

CAPÍTULO II
ZULA

Zula fechou a porta do quarto atrás dela e encostou-se na porta por um momento, subitamente nervosa.

Ele se desculpou da conversa noturna depois que Yakin saiu para concluir seu próprio trabalho noturno.

Ela alegou cansaço, mas a verdade era bem diferente.

Ele tirou a bola mágica de cristal da bolsa e a segurou na mão, olhando para ela, com o coração batendo forte.

Quando a encontrou, enterrada no lixo perto da parte traseira de uma câmara subterrânea, ele inicialmente planejara entregá-la aos outros, como qualquer parte do tesouro do grupo.

Mas isso foi antes que ela percebesse o quão útil seria, e exatamente o que ela poderia fazer com isso ... apenas se os outros não soubessem que ela tinha.

Ele se sentiu culpado por fazê-lo, especialmente quando considerou qual era seu verdadeiro motivo.

Talvez ele devesse ter contado a eles, e depois reivindicado como sua parte do saque.

Era muito mais fácil se eles não soubessem ... mas ainda assim, seria extremamente embaraçoso se descobrissem agora.

Mas era tarde demais para isso.

Ele tinha a bola de cristal na mão e não fazia sentido pegá-la se não pretendesse usá-la.

Essa seria a pior das duas possibilidades.

Respirando para se acalmar, ela deslizou a trava do lado de dentro da porta, fechando-a e foi para a cama.

Ele tirou a jaqueta, colocou-a de lado, sentou-se na cama e tirou as botas também.

Como um duende, ela adorava as comodidades, e a cama já parecia convidativa.

Deitou-se em cima dos cobertores, sentindo seu material macio com os dedos dos pés nus e apoiando a cabeça profundamente no travesseiro.

Então, já se sentindo um pouco mais relaxada, ela estendeu a pequena esfera mágica à sua frente.

Ela sabia como ligar as coisas, é claro, tendo visto ele fazer isso uma vez antes, há vários anos.

Eles eram dispositivos úteis, mas raros, e foi apenas sua boa sorte que lhe permitiu escorregar em suas mãos.

Ele olhou para o balão, dando vida a ele, depois pressionou-o gentilmente contra um olho fechado.

O vidro começou a brilhar e um disco nebuloso de luz apareceu diante dela.

Ele abriu a mão e a bola começou a subir, deixando o balão para trás, ainda fixo na frente do rosto.

Ele podia ver formas se formando dentro do disco: uma imagem de seu quarto escuro vista da perspectiva da bola de cristal, não de seus próprios olhos.

Um olho mágico, de fato, ele pensou.

Agora tudo o que ele precisava fazer era pensar para onde ele queria que fosse, e torcer para que ninguém o visse.

Era tão pequeno que certamente ninguém o faria, desde que ela fosse cuidadosa.

Agora ela podia olhar para onde queria, sem que ninguém soubesse ... e havia um lugar em particular que ela certamente queria olhar.

Ele desejou que o olho flutuasse pela janela aberta e desceu até o térreo, onde deslizou por outra abertura.

O espaço era muito estreito para uma pessoa entrar, devido à grade de metal na janela, mas não para algo tão pequeno quanto esse olho.

Ele voltou os olhos para a sala principal, onde havia deixado os outros, e o deixou pendurado logo acima da porta, nas sombras perto do teto.

A casa era iluminada apenas por algumas tochas aqui e ali, deixando muitos pontos de escuridão.

Pela porta, ele viu Yasmina e Valéria, que já pareciam recuar, aparentemente decidindo que não havia mais nada que pudessem fazer hoje à noite, a menos que quisessem esperar por Conan e Snagg.

Esperando o momento certo, ele manteve o olho onde estava, até que começaram a subir as escadas, e então ele o moveu lentamente pelo corredor, em direção a uma das portas dos fundos.

A vista mágica do lugar era extraordinária, quase como se ela estivesse ali, ou melhor, flutuando no ar, logo abaixo do teto.

Os detalhes eram tão nítidos quanto sua própria visão, e com quase o mesmo campo de visão.

Mas era bom que ela estivesse em um quarto escuro, pois as sombras no disco à sua frente teriam escurecido tudo se ela mesma estivesse em pé na luz.

Quase imediatamente depois de entrar no corredor dos fundos, ele viu seu alvo: Yakin.

Yakin era, é claro, humano, e havia a tragédia.

Ele era um garoto bonito, alguns anos mais novo que ela, mas velho o suficiente para ser seu tipo e maduro o suficiente para interessá-la.

Teria sido um bom duende, com sua aparência, seus cabelos castanhos claros e seu nariz reto.

Mas não era, o que significava que sempre haveria um abismo entre eles.

Os humanos frequentemente se misturavam aos elfos: Conan era a prova viva disso, mas nunca com duendes.

A diferença de tamanho era um obstáculo muito grande para suas percepções e, se ela fosse honesta, também para a maioria dos elfos.

Ela tinha um metro e oitenta de altura, perfeitamente razoável para uma mulher gnômica, mas contra um humano como Yakin ... bem, se ela tivesse que ser honesta, o problema era o que estava em sua virilha, o que seria grande demais para ela.

Foi uma pena, realmente foi.

Se ao menos houvesse alguma maneira de reduzi-lo ao tamanho, para que ele pudesse tomá-la como uma mulher normal.

Não que ela parecesse uma garota de outra maneira; seus seios e quadris a tornavam tão bem torneada quanto qualquer mulher humana.

Os anões eram diferentes, com sua constituição espessa e membros atrofiados; mesmo que um humano fosse do tamanho de um anão, seria improvável, ele pensou, encontrar um atraente.

E, se ela fosse anã, provavelmente não veria nada em Yakin.

Mas ele não era, e a verdade era que ele era um jovem bonito e sempre atencioso e prestativo.

Quantas vezes ela se deitou na mesma cama, pensando nele?

Quantas vezes ela imaginou o rosto dele nos últimos dias, esperando até que pudesse estar perto dele novamente?

Quantas vezes ela fantasiou sobre ele, imaginando-o de alguma forma reduzido ao seu tamanho, e o que eles poderiam fazer juntos se ele fosse?

Mas ela não queria fazer isso hoje à noite; ela só queria olhar para ele, sabendo que se ele soubesse como ela se sentia, as coisas se tornariam irremediavelmente estranhas.

Porque ele era humano, e ele nunca poderia retribuir seus sentimentos, seus desejos.

Então ela se deitou na cama, observando-o fechar as persianas e desligar as tochas, preparando a vila para a noite.

Ela percebeu que, com as venezianas fechadas, teria que voltar para o andar de baixo depois que ele fosse para a cama e abrir a janela para voltar a olhar para o quarto.

Mas, por enquanto, fiquei feliz em vê-lo.

Depois de um tempo, aparentemente satisfeito com seus deveres durante a noite, Yakin passou por uma porta lateral.

Zula percebeu imediatamente que não era o caminho para seus aposentos.

Na verdade, ela percebeu, seu coração quase pulou com o pensamento, era a porta do banheiro!

A cidade de Tarantia foi construída em fontes termais, parte do motivo de sua existência.

A vila, como muitas localizadas em toda a cidade, tinha seu próprio banheiro, cheio de água naturalmente quente.

Ela já o usara antes para remover a sujeira e a poeira da viagem, seu primeiro banho adequado em mais de um mês.

Inconscientemente, esquecendo sua determinação apenas um momento antes, ele moveu a mão esquerda para o peito, acariciando-a através do pano avermelhado de sua túnica.

Seus mamilos endureceram com o toque.

Yakin estava indo lá para consertar alguma coisa, ou ...?

Ela passou os olhos pela porta atrás dele, jogando-o em direção ao teto.

Yakin virou-se de repente, olhou para trás e saiu pela porta.

Eu tinha visto o olho?

Ele mudou muito rápido?

Zula estava paralisada agora, não ousando se mover, como se de alguma forma ele pudesse vê-la, e não uma bola de cristal flutuante.

Mas o jovem humano balançou a cabeça, aparentemente sem ver nada, e voltou para o quarto, fechando a porta atrás de si.

Ele estava perto, mas parecia que ela conseguira manter os olhos fora de vista.

Agora, no entanto, ela não se atrevia a movê-lo de seu local atual, próximo ao teto, para longe das duas lâmpadas que iluminavam a sala.

Ela não podia arriscar que ele suspeitasse novamente.

Yakin puxou uma das toalhas e a colocou perto do banheiro.

Ela percebeu que ele realmente ia tomar um banho, e seu plano original desapareceu completamente de seus pensamentos.

Ela só queria vê-lo trabalhar, até que ele desligou as lâmpadas e mergulhou a casa na escuridão, mas agora estava diferente.

Ele esfregou o peito com a mão esquerda novamente, enrugando o tecido sobre ele, sentindo a emoção enquanto deslizava a outra mão para descansar na parte interna da coxa dela, sentindo o couro macio de suas tiras pressionadas contra sua carne.

Ela respirou, suspirou em antecipação, seus olhos se arregalando.

Yakin tirou a roupa e depois estendeu a mão para desabotoar os sapatos.

Apesar de tudo o que tentara, nunca o vira em estado de nudez parcial antes.

Ele percebeu que nem sabia realmente como era um homem humano nu.

Quanto seriam os goblins?

A julgar pelo que ele tinha visto até agora, não havia diferença.

Yakin era moderadamente bem construído, sua pele clara era impecável e lisa, uma leve camada de cabelo na parte superior do peito, mas muito pouco.

Seu físico era como ela sempre imaginara, magro, mas não excessivamente musculoso, seu estômago liso.

Ela olhou para a cintura, quando começou a vasculhar os cadarços que sustentavam sua própria roupa.

E então Yakin se virou.

Não era as costas dele que ela queria ver, mas agora ele estava de costas para ela, colocando cuidadosamente os sapatos e o roupão no banco à sua frente.

Ela não se atreveu a mexer os olhos para vê-lo melhor, e apenas o encarou, incapaz de fazer qualquer coisa sobre sua situação.

Com um movimento suave, Yakin tirou as meias compridas e depois puxou o short de algodão por baixo.

Suas nádegas eram firmes, bem torneadas, do tipo que ela gostava.

Mas ela queria ver mais.

Por que estava demorando tanto?

Com um grunhido de frustração, ele abaixou a mão esquerda, abriu a túnica, enfiou a mão e depois beliscou o mamilo nu.

Os nós dos cadarços se desamarraram e ela enfiou a outra mão na calcinha, passando os dedos pelos cabelos pubianos e descendo até a fenda entre as pernas.

Sua vagina doía de desejo, mas ela se forçou a parar, pensando em silêncio.

Eu realmente precisava?

Sim.

Ele certamente queria.

Yakin virou-se para o banheiro, diante de si, completamente nu, com tudo de interessante à vista.

Naquele momento, ele percebeu que nem sequer pensara em qual das duas possibilidades ele realmente queria ser verdade.

Ele esperava que, apesar do tamanho grande do ser humano em outros aspectos, seu pênis fosse do tamanho de um duende, dando-lhe esperança, embora distante, na esperança de que um dia ele decidisse colocá-lo entre as coxas?

Ou ele secretamente esperava, em algum canto escuro de sua mente, que os humanos fossem proporcionados como duendes em todos os sentidos, tornando seu pênis tão grande e poderoso quanto o resto dele?

Agora estava muito claro que a última possibilidade era a real.

Ela nunca tinha visto um humano nu antes, mas tinha visto duendes nus e, em todas as suas proporções, Yakin certamente parecia um.

Quão grande isso significava para o seu pênis, especialmente quando estava totalmente ereto?

Agora ele não estava ereto e parecia enorme, qual o tamanho dele em plena ereção?

Quanto mais isso frustrara suas esperanças de possuí-lo?

Agora, ela não se importava.

Com a mão esquerda acariciando seu peito, ela colocou um dedo entre os lábios de sua vagina.

Ele estava muito molhado, quente, dolorido por seu toque.

Ela precisava se libertar e precisava dele em breve.

O dedo dele acariciou seu clitóris, e ela reprimiu um gemido ao experimentar uma súbita onda de prazer.

Ela precisava tanto que doía.

Sim, ela havia se masturbado muitas vezes antes, pensando em Yakin, mas nunca tinha sido assim.

A imagem dele nu na frente do banheiro era uma que ela certamente manteria em sua mente para sempre.

Pareceu uma eternidade, mas dificilmente demorou muito para que ele deslizasse nas águas quentes do banho.

Agora, procurando o sabão e a pedra-pomes perfumados que ela mesma usara naquela mesma noite.

As águas eram limpas e claras, permitindo-lhe uma visão de todo o seu corpo, distorcido pelas ondas, mas mais do que suficiente para alimentar suas fantasias.

Ela deslizou o dedo dentro e fora de sua vagina, encontrando um ritmo, sentindo a umidade escorregadia de seu sexo.

Então, olhando mais uma vez o objeto de sua afeição, ele fez algo que nunca havia feito antes e empurrou um segundo dedo.

Ele começou a bombear, a bater mais forte, a respiração batendo, puxando o mamilo com a outra mão, torcendo-o entre o indicador e o polegar.

Ela queria tanto Yakin, mas isso era tudo que ela podia fazer para sentir que ele estava penetrando em sua cama.

Seus dedos trabalharam duro, enquanto ele os forçava mais fundo, imaginando aquele pau enorme totalmente ereto, fazendo o seu caminho para sua boceta ansiosa.

Imaginando aquelas nádegas firmes batendo dentro dela com crescente vigor.

Ele enfiou um terceiro dedo em sua paixão lasciva, achando-o apertado, quase doloroso.

"Eu poderia te ferrar, eu sei que eu poderia ..." ela ofegou, percebendo de repente que tinha falado em voz alta.

Então seu clímax a atingiu, e ela arqueou-se sobre a cama, seu pequeno corpo convulsionando quando ondas de orgasmos a atingiram, atordoando sua ferocidade, cegando-a até a visão do homem nu no disco de luz diante dela.

CAPÍTULO III
CASSANDRA

As botas de couro de sola macia faziam pouco barulho enquanto a figura escura e encapuzada caminhava por uma rua escura nos fundos.

As casas próximas eram grandes, algumas das mais opulentas de Tarântia, muitas delas iluminadas pela luz de uma lanterna de dentro a essa hora da noite.

Mesmo que não fosse a escuridão do lado de fora, pouco seria visível as feições da figura, embrulhadas sob a longa capa com capuz.

A figura olhou em volta para garantir que ninguém estivesse olhando, mas a rua estava deserta.

Ele caminhou até a porta dos fundos de uma das casas e bateu levemente.

Após uma longa pausa, a porta se abriu um pouco e um rosto humano apareceu.

Aparentemente satisfeito com a identidade do visitante, o homem abriu mais a porta e a figura desapareceu dentro.

A sala interna estava sombria, iluminada apenas pelo lustre do empregado.

Cassandra tirou o capuz da capa, revelando um rosto bonito, mas sério, com pele pálida e cabelos castanhos na altura dos ombros.

No entanto, sua ascendência foi imediatamente aparente, assim como, talvez, sua razão de se esconder.

Logo abaixo de seus cabelos estavam as pontas de dois pequenos chifres pretos, e seus olhos brilhavam à luz de velas como duas granadas escuras, um tom avermelhado definitivamente antinatural.

"Vou informar sua senhoria de sua presença", disse o homem, aparentemente sem reagir de maneira alguma à sua aparência reveladora ", e por favor, espere aqui".

Dito isto, ele saiu, pegando a vela e mergulhando a sala na escuridão quase total.

Isso pouco importava para Cassandra, embora ela não tivesse ideia se o homem havia percebido isso ou não.

Ela era um semideus, seu sangue manchado pela escuridão do próprio inferno.

A maioria de seus antepassados era humana, é claro, mas uma de suas trisavós se comprometera com uma noite de devassidão desenfreada com um demônio, resultando em seu bisavô.

Ele não sabia nem se importava com os detalhes precisos, muito menos como sua linha tocada pelo inferno havia se espalhado por gerações, mas a mancha infernal em seu sangue lhe deu algumas vantagens sobre os seres humanos mais mundanos.

Uma delas era a grande capacidade de ver no escuro que desafiaria até a visão de um gato.

Era, concluiu ele, uma sala de espera para visitantes que não tinham certeza de que o dono da casa queria que outros vissem quando chegassem.

Os comerciantes em sua maioria, provavelmente, mas também aqueles como ela.

O quarto tinha pouca decoração e apenas uma janela, que estava bem fechada.

Aqui estavam algumas cadeiras, ambas funcionais, mas não caras o suficiente para realmente caber na casa.

O único toque de personalidade estava no corredor além, parado em um pequeno pedestal.

Era uma estatueta de bronze representando um sátiro com um falo incrivelmente grande, ocupado fodendo uma pequena ninfa.

A boca da ninfa estava aberta, gritando, mas a estatueta era ambígua demais para dizer se o escultor queria que fosse por prazer ou dor.

O que era, ela suspeitava, bastante deliberado.

De qualquer forma, parecia uma coisa estranha de ter no corredor.

O homem voltou, depois de uma espera que ele certamente pretendia colocar em seu lugar, mas não o suficiente para ser realmente inconveniente.

"Sua senhoria vai vê-lo agora", disse ele, e fez sinal para ela segui-lo.

Ele liderou o caminho por um corredor que, além do pedestal e de sua figura, lembrava muito o de qualquer outra casa cara e opulenta.

Ele se perguntou se a estátua de bronze havia sido colocada lá para seu próprio benefício e, se sim, qual seria a mensagem que deveria ter.

Talvez ele estivesse apenas tentando incomodá-la, mas, se sim, ele falhou.

Seria preciso mais do que isso para surpreender um semideus.

Finalmente chegaram a uma porta dupla de madeira esculpida com um baixo-relevo abstrato, que o homem abriu para indicar uma sala mais clara além.

Ele fez um gesto para que ela entrasse, então, uma vez que ele entrou, ele se curvou silenciosamente para o ocupante da sala antes de se afastar e fechar a porta.

Sua senhoria era claramente um pervertido.

As tapeçarias estavam penduradas em três das quatro paredes da sala, escondendo outras portas ou janelas que pudessem estar.

A única parede nua era a que continha a porta pela qual eles haviam acabado de entrar e ostentava lanternas brilhantes com candelabros que iluminavam a sala.

Além disso, havia duas cadeiras e uma pequena mesa, segurando o que parecia ser uma garrafa de vinho e um copo.

Se ele se sentasse na cadeira vazia, a mesa estaria fora de alcance, mas, mais importante, apenas as três paredes da tapeçaria seriam visíveis.

E se a estatueta no corredor pretendia ou não fazê-la se sentir desconfortável, certamente as tapeçarias o faziam.

Cada um mostrava um jardim noturno, cheio de corpos nus envolvidos em atos sexuais explícitos e gráficos.

Eles variavam de apaixonado a bizarro e até brutal.

Além de humanos e elfos, homens-feras e semideuses pareciam figurar com destaque, e muitos dos casais eram do mesmo sexo.

Nada disso tinha a ver com o motivo de ter sido convidada para cá, e sua mente começou a formular táticas de fuga, apenas como precaução.

Lady Gedren estava sentada na maior das duas cadeiras, que pareciam tronos, e acolchoadas com pano vermelho.

"Boa noite", disse ela, com a voz suave como seda, "sente-se".

Cassandra já havia feito sua lição de casa, antes de vir, na mulher à sua frente.

Lady Taramis Gedren raramente era vista nos círculos sociais da nobreza local e por boas razões: era uma elfa negra.

Até onde Cassandra podia determinar, ela havia sido excluída de sua própria sociedade por algum motivo, e se estabelecera aqui, fortalecendo sua fortuna com trabalho mercantil e mágico.

O título de "dama" era uma mera afetação, um remanescente de sua educação super exclusiva.

Ela sentou na cadeira vazia, de frente para o elfo escuro.

No ombro esquerdo de sua senhoria havia a representação de uma mulher elfa engasgada com o pau duro de um minotauro e, por outro, a imagem de um homem humano acorrentado a uma árvore enquanto um elfo negro masculino o sodomizou.

A julgar pela própria postura do ser humano, isso aparentemente era algo que ele realmente gostava, apesar das correntes.

Cassandra ignorou as duas imagens, mantendo os olhos firmemente fixos na mulher à sua frente.

"Ouvi dizer que você é bom", disse seu senhorio.

O semideus não disse nada: dadas as circunstâncias, a frase era bastante ambígua.

"Ao obter coisas sem o conhecimento de seu dono", acrescentou o elfo negro após um breve silêncio, "ao entrar em instalações onde outros preferem não ser profanados. Isso é verdade?"

"Sim", respondeu Cassandra, uma simples declaração de fato.

Gedren já sabia disso, ou ela não estaria aqui.

O elfo negro assentiu, mantendo sua expressão altiva.

Seu vestido, se é que se pode chamar assim, era feito de um material roxo escuro, mas Cassandra suspeitava que seu criador não pudesse ser um mero alfaiate comum.

A parte superior consistia em duas partes do material roxo escuro indefinido, esticadas sobre os seios de Gedren, unidas por um broche de ouro com um único rubi no decote largo e também providas de tiras de tecido pretas nas costas e nos ombros. .

Ela também usava uma capa de um fino material preto sedoso, formando uma gargantilha no pescoço, mas a empurrou para trás para exibir melhor o conjunto sensual e erótico do resto do corpo.

Pulseiras de prata decoravam seus braços nus, enquanto pedaços de estofamento preto os cobriam, em forma de armadura, mas claramente decorativos, e não práticos.

Sua pele era preta, macia e sem falhas.

Sua barriga estava nua, magra e curvilínea, decorada apenas por uma corrente de filigrana de ouro logo abaixo do umbigo, segurando uma pequena gema pendente.

Por baixo, a segunda parte do vestido, duas tiras largas do mesmo material roxo escuro enroladas entre as pernas, chegando ao meio da panturrilha.

Juntaram-se a mais duas faixas pretas, uma estendendo-se sobre os quadris nus e a outra na parte superior das coxas.

Parecia quase uma camisa, mas mesmo assim deixava as pernas quase nuas.

"Tenho uma tarefa que exige alguém com seus talentos particulares", disse Lady Gedren, "nem é preciso dizer que sua discrição é absolutamente essencial".

"Você saberá que o silêncio é garantido com o meu trabalho", respondeu o semideus.

Gedren já teria verificado isso também.

Era de se esperar neste negócio.

"Perfeito." respondeu o elfo escuro, com um leve sorriso tentador nos lábios.

Seu cabelo era branco puro, como neve, preso em um longo rabo de cavalo, com franjas soltas emoldurando seu rosto.

Seus olhos eram âmbar, mas de algum modo tão frios quanto gelo.

Ela não parecia o tipo de mulher com quem queria cruzar seu caminho, mas Cassandra havia lidado com muitas dessas pessoas durante sua vida, e havia poucas pessoas que poderiam intimidá-la agora.

Gedren languidamente cruzou as pernas, mostrando a extensão preta e lisa de uma coxa nua e, provavelmente de maneira bastante intencional, um lampejo de sua calcinha roxa profunda.

Cassandra teve que admitir que todo o seu foco era um novo método para ela.

Normalmente, se alguém quisesse impressioná-la sobre o quão poderoso e aterrorizante era, usaria a ameaça implícita de violência.

Foi a primeira vez que alguém tentou desencorajá-la através da sexualidade.

Mas ela estava determinada a não funcionar melhor do que qualquer outra abordagem.

E não era simplesmente pelo uso de decoração e roupas reveladoras que Gedren estava tentando fazê-la se sentir desconfortável.

Mesmo dentro do curto espaço de tempo em que ela esteve no quarto, os olhos do elfo escuro já haviam viajado e permanecido em seu corpo várias vezes.

Cassandra estava vestindo roupas de couro, que cobriam cada centímetro de sua pele, exceto a cabeça, mas não havia dúvida de que ela a estava despindo mentalmente.

Como semideus, essa foi uma experiência incomum, e não parecia que Gedren estava fingindo seu desejo.

Então, se as tapeçarias eram um guia, seus gostos tendiam a ser incomuns e variados, mas, infelizmente para o elfo escuro, Cassandra não tinha, no momento, nenhuma intenção de fazê-lo com outra mulher.

"Há algumas pessoas que retornaram recentemente a esta cidade", continuou Lady Gedren.

"Eles são o tipo de pessoa que costuma ir à clandestinidade em busca de ouro e tesouro. Tenho certeza de que você conhece o tipo de pessoa de quem estou falando. Eles são especialistas e experientes, como qualquer pessoa que tenha sobrevivido por um longo tempo. em aventuras ".

Cassandra assentiu, mas esperava Lady Gedren terminar o que tinha a dizer.

"E eles adquiriram algo, algo que eu gostaria que você obtivesse para mim ...".

CAPÍTULO IV
VALÉRIA

Valéria subiu as escadas na parte de trás da loja de mapas.

Onna, a dona da loja, era alguém que ela conhecia há muito tempo.

Ele frequentemente lhes fornecia documentos ou mapas interessantes para a viagem, o que os levara a aventuras dramáticas nas terras do norte.

O mapa mais recente desse tipo tinha sido particularmente útil, e ela merecia saber o resultado dessa aventura, então Valéria se aproximou dela logo depois de retornar.

Ela bateu na porta da casa que Onna tinha sobre a loja e foi recompensada pouco tempo depois, quando o proprietário abriu a porta.

Valéria viu que a mulher estava bem vestida e usava um rico vestido azul sem mangas, com uma saia longa cortada na lateral para mostrar uma perna fina e botas de tornozelo.

Um cinto largo apertava sua cintura, acentuando sua figura, e o vestido em si tinha um decote em forma de diamante aberto entre os seios, com tiras sobre os ombros nus, onde um colar de pedras de âmbar pendia do pescoço.

Valéria percebeu tudo isso e percebeu imediatamente que provavelmente não eram as roupas casuais de sua amiga.

"Eu interrompi você?" Ela perguntou: "Eu sempre posso voltar amanhã."

Onna pareceu intrigada por um momento, depois olhou para si mesma, seguindo os olhos do elfo.

"Oh, nada que não possa ser adiado", disse ela corando levemente, "eu estava apenas ... não, não é nada. Entre."

"Se você tem certeza", respondeu Valéria, entrando.

Ela já esteve aqui antes, mas não com muita frequência.

Eles geralmente eram vistos na loja.

Onna manteve os melhores e mais valiosos documentos aqui, onde eles seriam mais seguros.

Tendo descoberto que os clientes de Valéria pagavam bem por essas informações, esses documentos forneciam a ela clientes valiosos, além de amigos, e ela estava entre as poucas pessoas que tinham acesso ao seu santuário interno.

Um sofá comprido e estofado ocupava o centro da sala, colocado sobre um rico tapete azul e branco em frente a uma lareira ornamental que, nessa época do ano, permanecia apagada.

Vasos antigos e materiais de arte decoravam a sala, mostrando a paixão da mulher pelas coisas do passado.

No fundo da sala, uma mesa continha vários pedaços de pergaminho, que estavam claramente no processo de exame de Onna.

"Eu queria que você soubesse como foi a sua última venda", explicou a elfa, "foi muito lucrativo para nós".

"Sim, eu ouvi dizer que você estava de volta", disse Onna. "As notícias viajam rápido. Conan e Snagg estavam na Copa do Ouro há apenas duas noites e metade da cidade já sabe disso."

Valéria assentiu, sorrindo.

Conan não voltou até a manhã seguinte, o que era quase incomum, e até Snagg voltou tarde.

Sem dúvida, eles passaram o tempo agradando quem quisesse ouvir.

"Então você conhece a história?" ela perguntou, um pouco decepcionada.

"Apenas vagamente a história; você deve completá-la para mim. Mas antes disso, tenho outros assuntos para você. Encontrei um documento que acho que você pode achar bastante interessante."

"Ainda não planejamos sair novamente", alertou Valeria, "mas isso não é motivo para não dar uma olhada, concordo com isso."

Se o documento fosse útil, seria melhor comprá-lo agora do que arriscar vendê-lo a outros aventureiros antes que eles pudessem obtê-lo.

Ele seguiu Onna até a mesa e olhou com curiosidade os pedaços de pergaminho à sua frente.

"Esta é a única cópia que existe", disse Onna, segurando uma pilha de pergaminhos mais antigos. "É realmente sobre esta cidade, bem aqui. Um documento antigo, por sorte chegando em minhas mãos. Parece ser um conto de alguns aventureiros de outros tempos. Eles encontraram algo sob a cidade, nas fontes antigas, eu acho." Olha, existem alguns mapas aqui, bem desenhados, eu sei, mas eles parecem estar se referindo a algo perigoso."

"Nada que seja perigoso o suficiente para destruir a cidade por mais ou menos um século, certo?" O elfo respondeu, sorrindo.

Onna sorriu em resposta, um flash de dentes brancos.

"Não, suponho que não. Mas, no entanto, é interessante, você não acha? E bem aqui, então não haverá necessidade de 'ir' a lugar nenhum para investigar. Acho que pode ser gratificante lê-lo."

Valéria assentiu: "Estou interessado. Podemos discutir os preços mais tarde".

"Claro ... mas há uma última coisa. Algo em que preciso da sua ajuda, na verdade. Me deparei com outro documento recentemente. Não há razão para supor que seja de especial interesse para os aventureiros ... mas, bem, está em um dialeto élfico arcaico, que eu tenho dificuldade em traduzir. Para ser sincero, não estou indo muito longe; existem muitas palavras desconhecidas para mim. Se você pode ver, e me dê uma idéia do que vale a pena analisar mais adiante ... talvez eu possa lhe oferecer um desconto nesse outro ", ela acariciou levemente o maço com os mapas.

"Claro, por que não? Deixe-me dar uma olhada e verei o que posso lhe dizer."

Onna entregou-lhe algumas folhas de pergaminho, que não pareciam tão velhas quanto as outras.

Sim, o dialeto era muito arcaico e deve ter sido copiado várias vezes, mas a escrita era claramente élfica.

Ele os revisou por um curto período de tempo e, em seguida, abafou uma risada, colocando a mão sobre a boca para esconder sua diversão.

"Desculpe", disse ele, "não é exatamente o que você pensa. Não é realmente arcaico ... pelo contrário, de qualquer forma. Mas não, posso ver que muitas dessas palavras não são o que você normalmente encontraria em seu trabalho E o estilo ... não é exatamente aquele que eu conheça também. "

Onna franziu a testa, parecendo confusa.

Os cantos da boca dela se contraíram, no entanto, em simpatia pela diversão do elfo, mas sem saber do que se tratava a piada.

"Então, o que é isso? Não é valioso? Diga-me que não é apenas uma lista de compras ou algo assim!"

"Não, não é isso", Valéria estava tendo dificuldade em evitar sorrir.

Realmente não era culpa de sua amiga que ela se deparou com isso.

"E eu acho que pode valer alguma coisa para o comprador certo. É só que ... bem, talvez eu deva ler você um pouco para que você saiba do que estou falando."

* * *

O perfume perfumado de rosas pairava no ar, a luz manchando as folhas verdes como o toque da luz do sol na água com gás.

A donzela élfica esperou a bênção da explosão que anunciaria um novo amanhecer, seu coração cantando uma velha mas nova melodia, uma promessa de despertar fértil.

A respiração de seu amante, tão suave quanto a chuva de verão em seu rosto, seu beijo, a promessa de um futuro não revelado.

O toque de uma borboleta seria tão doce, como quando a donzela elfa trouxe os grandes balões de luz dos seios de seu amante desejado para a língua ...

***

"Desculpe, eu simplesmente não posso continuar!" Valeria disse agora rindo alto.

"Mas acho que você entende a situação. Isso ... isso é basicamente pornografia élfica. E o estilo é provavelmente mais exagerado do que parece traduzido para a linguagem comum. Alusões poéticas e assim por diante ... as pessoas leem isso, mas não faz parte de sua leitura regular, acho que não. Ele também não quer me dar nenhum especialista nessas leituras. "

Onna, aparentemente, teve uma reação bem diferente.

Ela parecia mais nervosa do que qualquer outra coisa, os olhos arregalados, embora sua boca ainda se contorcia em um meio sorriso, como se ela pudesse pelo menos ver o lado engraçado.

Ele abriu a boca, como se estivesse prestes a dizer algo, mas ela parecia pensar melhor.

"Sim?" Valéria disse, com mais gentileza, embora continuasse com o sorriso nos lábios.

"Mas ... uh ... quero dizer, a donzela elfa na ... uh, você não disse 'do amante dela' ..." Ele deixou a frase incompleta, agora começando a corar um pouco.

O elfo percebeu imediatamente a fonte de confusão de sua amiga.

Os seres humanos costumavam ser um pouco lentos com essas coisas.

"Sim", disse ela, parecendo um pouco mais séria agora ", o amante da 'donzela elfa' é outra mulher. Sem ler mais, é difícil ter certeza, mas parece que não há homem envolvido nessa história em particular".

"Isso ... isso é comum?"

Os olhos de Onna ainda estavam arregalados, e agora ela estava segurando a lateral da mesa com uma mão, uma onda de emoção cruzando seu rosto.

Ela estava claramente envergonhada de perguntar mais, mas curiosa ao mesmo tempo, querendo saber a resposta.

"Entre os elfos? Sim, é."

Uma resposta direta parecia a melhor maneira de lidar com o assunto.

Pelo menos a mulher humana não entrou em pânico ou reagiu negativamente.

Ela merecia uma explicação clara para isso, pelo menos ... mas Valéria ainda não estava clara para onde as perguntas estavam indo.

"Olha, basicamente, os elfos são pessoas livres. O sexo é outra experiência, algo que gostamos, como parte de nosso amor pela natureza; não o vinculamos a regras e regulamentos estritos. E essa liberdade se estende ao gênero de nosso parceiro ou companheiro, assim como qualquer outra coisa. E não são apenas mulheres; os homens élficos costumam ter um relacionamento íntimo de uma maneira que a maioria dos homens não. Para nós, isso tudo faz parte da vida. " .

"Então ..." ela parecia insegura de como expressar as seguintes palavras.

Seus olhos azuis estavam fixos nos de Valéria e ela engoliu um pouco de nervosismo.

De repente, ficou bem claro para o elfo para onde tudo isso estava indo.

E ele não protestaria agora, se Onna pudesse fazer a pergunta.

"Então ..." continuou o vendedor do mapa, "sério ...?"

"Você faria amor com outra mulher?"

Ela sabia que tinha certeza de que era isso que ela queria perguntar agora, e só queria ver a reação do humano.

"Sim, eu diria. Não há nada errado com um homem ... como eu disse, somos livres com nossos afetos. Mas, apesar disso, não há nada como o sentimento de uma mulher; eles sempre sabem onde tocar. E isso Eu acho isso verdadeiramente divino. "

Ele deu um passo à frente, então eles estavam a poucos centímetros de distância, mas Onna não fez nenhum movimento, e seus olhos ainda não pararam de encarar os de Valéria.

Ele lambeu os lábios para umedecê-los.

Valéria viu a língua rosa da amiga deslizar sobre os lábios.

O peito de Onna subiu e caiu agora, claramente visível através do vestido decotado.

A elfa agora se perguntava se o vestido, por mais atraente que fosse, tinha sido planejado para ela ver.

Onna sabia que ela estava vindo ... mas ela claramente não havia previsto isso; sua confusão ao ouvir a passagem lida fora muito clara.

Talvez ela quisesse em algum lugar no fundo de sua mente, mas ela realmente não tinha entendido até agora.

Agora que a oportunidade se apresentava o mais claramente possível, fiquei confuso.

Onna respirou fundo e então, com uma voz quase tremendo e quase inaudível, mesmo a curta distância, perguntou: "Você poderia me ensinar?"

Em vez de responder, Valéria se inclinou para a frente, acariciando a bochecha do vendedor de mapas e depois a beijou nos lábios.

Foi um contato simples, mas por um momento, Onna recuou, insegura de si mesma.

Mas apenas por um momento, já era Onna quem dava o próximo passo, beijando a feiticeira elfa em resposta, e desta vez com mais confiança do que antes.

Seus lábios se separaram, e suas línguas entrelaçaram quando Valéria pressionou seu corpo contra o de sua amiga, sentindo a forma de seus seios através das roupas.

Ela se inclinou para trás, olhando para o rosto de Onna, olhando fixamente em seus olhos azuis, sentindo o desejo interior não dito de suas palavras que ela teve tantos problemas para articular.

Seus cabelos cor de areia estavam presos para trás, deixando seu pescoço longo e nu atraente.

Valéria passou a ponta do dedo sobre o queixo de Onna, erguendo-a um pouco, depois beijou a garganta e a lateral do pescoço, com a outra mão em volta da cintura da mulher, sentindo o calor suave do tecido.

"Talvez devêssemos ir para o sofá?" ela sugeriu.

Havia um quarto aqui em algum lugar, mas o elfo estava ansioso demais para perder tempo indo com ele, e ela suspeitava que a mulher humana fosse ainda mais.

Melhor aqui, nesta sala que não é familiar para nós dois.

A outra mulher assentiu, talvez pensando os mesmos pensamentos, ou talvez muito animada agora para pensar em qualquer outra coisa.

Onna estava sentada no sofá, quase caindo, com as pernas soltas.

Valéria sorriu, estendendo a mão para tocar o rosto da mulher novamente.

"Não se preocupe", ela disse tranquilizadora, "isso será divertido".

Ela meio que se sentou no sofá ao lado dele, para que eles ainda estivessem se encarando.

Onna encostou-se na parte de trás do sofá como apoio, os braços estendidos, a boca entreaberta, a ascensão e queda do peito mais evidente do que nunca.

Um broche de prata segurava o tecido do vestido sobre o decote em forma de diamante, através do qual Valéria podia vislumbrar parte do decote da mulher.

Ela deslizou o dedo pela clavícula de seu parceiro, correu pelo colar de joias e abriu o zíper habilmente, puxando os dois pedaços de tecido para baixo e para o lado, expondo os seios de Onna.

A mulher humana não fez nenhum movimento, como se estivesse congelada onde estava, para a qual Valéria sorriu para ela novamente e pegou as alças.

Por fim, Onna moveu os braços, como se estivesse em transe, se levantando um pouco da parte de trás do sofá, para que Valéria pudesse abaixar o vestido dos ombros até a cintura.

"Você está linda", ele disse honestamente, mas a mulher não respondeu.

Ele beijou os lábios e a língua de Onna brevemente novamente, dizendo mais com o entusiasmo com que recebeu os beijos do que com o que ele podia expressar em palavras.

Seus seios nus estavam agora esfregando o tecido do vestido de Valéria, mas o elfo decidiu manter suas próprias roupas um pouco mais.

Terminando o beijo, ele olhou de volta para o peito de Onna.

Os seios da mulher eram largos, maiores que os dele, mas não excessivamente talentosos.

Ela moveu as mãos sobre eles, sentindo a suavidade da pele e fazendo os mamilos rosados endurecerem.

O vendedor de mapas deixou escapar um suspiro, um grito de prazer subindo involuntariamente.

Valéria sorriu novamente.

Ela estava saboreando isso, levando tempo.

Ela se abaixou para beijar um peito, rolou o mamilo debaixo da língua e fez sua amiga ofegar novamente, desta vez mais alta.

Sua paixão estava aumentando agora, inegável, mas ainda assim ele não fez nenhum movimento em direção à elfa.

Valéria beijou o outro peito, movendo a mão para libertá-lo, e depois se levantou.

Onna pareceu ofendida por um segundo, desejando claramente que o prazer continuasse, até que percebeu que Valéria estava tentando desabotoar o vestido.

Ao contrário da mulher humana, ela não se vestira especialmente para hoje, embora, em retrospecto, desejasse que estivesse.

Ela usava um longo vestido verde, cortado na clavícula, mas não embaixo, com mangas compridas e um corpete amarelo claro que mostrava sua cintura fina.

Seu cabelo estava preso sobre as orelhas pontudas por faixas verdes no topo, mas ela caiu solta nas costas, chegando quase ao topo das nádegas.

Agora, ela abriu o zíper que segurava o vestido na nuca e soltou os braços das mangas estreitas, deslizando o vestido sobre os quadris.

Enquanto sua amiga evidentemente escolhera não usar nada por baixo do vestido, Valéria ainda tinha uma combinação debaixo dela, seda branca e macia que marcava suas belas curvas.

Ele podia sentir a antecipação nos olhos de Onna enquanto a observava se despir, seu olhar viajando de panturrilhas finas e sapatos verdes macios, ao longo do corpo coberto de seda até a curva de seus seios pequenos.

Para prolongar um pouco mais o momento, Valéria tirou o vestido e depois tirou os sapatos, um por um.

Então ela se ajoelhou no tapete, sentindo o material grosso em seus joelhos nus.

Ele soltou um ombro da combinação e depois o outro, empurrando lentamente a seda pelo corpo dela, para encontrar sua cintura.

Onna não fez nenhum movimento para tocá-la, então ele levantou a mão para ela e a beijou novamente.

Seus seios tocaram, agora sem nenhum tecido no meio, o menor par de seios do elfo pressionando contra os humanos maiores.

O vendedor do mapa ofegou, afastando-se do beijo, sua emoção muito evidente.

Valéria decidiu que já havia esperado o suficiente.

Ela recostou-se nos calcanhares novamente e passou as mãos pela barriga macia de Onna, apertando o umbigo pelo caminho, depois soltou o cinto, colocando-o de lado antes de jogar o vestido azul sobre as pernas da mulher, para acumular de pé.

Onna a chutou, ansiosa por continuar, e agora vestida apenas com suas botas e uma calcinha branca.

Agora Valéria abaixou a calcinha da amiga, deixando-a a seus pés, mas nenhuma das mulheres se mexeu para tirar as botas.

Valéria gentilmente separou as pernas do humano e acariciou o interior de sua coxa exposta.

Onna estremeceu, subitamente vulnerável, toda exposta.

"Você quer isso?" O elfo perguntou, já sabendo a resposta, mas querendo ouvir as palavras.

Mas Onna ficou em silêncio e apenas assentiu em silêncio.

Ela passou os dedos pela barriga da mulher novamente, desta vez estendendo a mão, acariciando os cabelos encaracolados sobre sua boceta.

Então ela se ajoelhou e o beijou.

O corpo do vendedor de mapas arqueou e ela gemeu de prazer, o som mais alto que já havia feito.

Incentivada, Valéria passou a língua ao longo dos lábios vaginais da mulher e depois mergulhou a língua profundamente em sua boceta.

O gemido desta vez foi ainda mais alto, suas coxas convulsionando, e Onna se agachou, passando os dedos pelos cabelos da elfa, segurando-a contra sua virilha.

Valéria continuou, deslizando a língua para dentro e para fora, saboreando cada gota de emoção humana, provocando seu clitóris.

Suas mãos acariciaram as coxas e nádegas da mulher, elevando-a para uma melhor posição de prazer.

Onna estava gemendo, segurando o próprio peito esquerdo com uma mão e segurando a cabeça do mago elfo com a outra.

Ela falou pela primeira vez, gritando o nome de Valéria, os quadris tremendo.

Enquanto o elfo continuava sondando, lambendo e sacudindo seu clitóris com a ponta da língua, ela foi capaz de dizer que o vendedor do mapa estava perto do clímax.

Todo traço de seu antigo silêncio se foi agora, seus gemidos de prazer ecoando por toda a sala.

Ela não demorou muito mais.

E Valéria não queria que eu também.

Com um longo, longo e trêmulo gemido, Onna chegou ao clímax, seu corpo arqueando-se no sofá, os pés de botas batendo no chão, os seios arfando.

O elfo se inclinou para trás, olhando para a mulher enquanto ofegava, gotas de suor agora adornavam seu corpo nu.

"Isso foi ... aquilo foi ..." Onna ofegou, lutando para recuperar a respiração normal.

"Isso", disse Valéria, "ainda não acabou. Acho que você ainda quer mais ... e eu darei a você."

Ele se levantou, deixando a combinação deslizar pelas pernas até o chão.

A mulher humana parecia quase como se sentisse culpada ao fazê-lo, mas depois lambeu os lábios enquanto observava o elfo nu em pé na frente dela.

"Eu não sei se posso ..." ela disse, implorando. "Ainda não ... você é linda, Valéria, e eu quero ... mas preciso recuperar o fôlego."

"Oh, acho que você está pronta", respondeu ela, inclinando-se para beijar os lábios mais uma vez.

Onna fechou os olhos, o beijo demorou e o movimento de seu corpo quando seus seios se tocaram mais uma vez convencendo a elfa de que ela estava certa.

O que foi bom, porque sua própria boceta agora doía, seu próprio prazer demorou muito.

Ele pegou a mão de Onna e jogou-a no tapete, de modo que ambos estavam deitados cara a cara.

Eles se beijaram novamente, seus corpos entrelaçados, suas pernas deslizando uma contra a outra.

Eles se abraçaram, Onna passou os dedos de uma mão pelos longos cabelos sedosos do elfo e depois acariciou suas costas, enquanto Valéria acariciou suas nádegas.

O beijo continuou, o corpo do vendedor de mapas esfregando o de Valéria e seus mamilos endureceram mais uma vez.

O elfo a soltou, deslizando a mão para segurar um seio e esfregou um dedo sobre o mamilo rosa.

"Entende?" Ela disse: "Você está mais do que pronta novamente. Mas desta vez ..."

"Ah, sim", disse Onna, "eu quero que isso seja para nós dois. Eu sempre pensei ... em algo assim. Como seria estar com outra mulher, mas nunca ... eu não achava que teria uma chance. Agora sim, não quero perder esse momento. "

"Faça o que quiser, sem medo", respondeu a elfa, beijando-a mais uma vez.

As mãos de Onna se moveram, deslizando ao redor de sua barriga e até os peitos pequenos do elfo.

Valéria suspirou contentemente, rolando de costas.

O vendedor de mapas se inclinou sobre ela, beijando sua clavícula, segurando um seio, sentindo-o contra suas mãos, mas não mais.

Para animá-la, o élfico aventureiro passou a mão pelo ventre da mulher, explorando entre as pernas mais uma vez, encontrando os lábios úmidos e inchados, mas convidando prazer.

Onna ofegou, depois se inclinou para beijar cada um dos mamilos de Valéria, com a língua molhada e ansiosa.

"Sim ..." ela murmurou, "oh sim ..."

O elfo respondeu movendo os dedos para dentro, penetrando a umidade da vagina da mulher.

Seu parceiro gemeu, se contorcendo no tapete, enquanto Valéria enganchou uma perna na dela.

Por fim, Onna pareceu perceber o que seu amante precisava, tocando cautelosamente entre as pernas do elfo e passando um dedo entre as coxas.

Quanto esse toque lhe custou, que ação provocadora!

Valéria moveu os próprios dedos para dentro e para fora, deslizando na umidade da vagina de Onna, mostrando à mulher o que ela queria.

A humana se atrapalhou, seu polegar deslizando pela boceta da elfa, na doçura de seu sexo.

O elfo gemia baixinho, torcendo por ela, movendo seus próprios dedos mais rápido.

Isso foi demais para Onna.

Ela rolou de costas, balançando as pernas, empurrando, desembaraçando-se.

Valéria se apoiou em um cotovelo, com os dedos ainda entrando e saindo, quando Onna pegou um dos seios.

A mulher estava implorando agora, ofegando e gritando de prazer.

Valeria se contorceu, colocando o rosto na boceta de Onna mais uma vez.

Ela lambeu com entusiasmo, seu dedo indicador ainda deslizando dentro e fora da umidade da mulher, encontrando seu clitóris com a língua.

Onna gritou, esquecendo suas próprias carícias, uma mão segurando a nádega de Valéria, pressionando o nariz contra a barriga da amiga.

O elfo montou nela, uma coxa de cada lado do rosto, ainda lambendo e chupando enquanto o dedo continuava a sondar.

Com um último grito sem palavras, Onna veio pela segunda vez, seu corpo em convulsão, agarrando as costas de Valéria, seu rosto agora pressionado contra uma das coxas do elfo.

Suas pernas estremeceram, e ela gemeu, enquanto os longos cabelos do aventureiro deslizavam por seu lado.

"Deusa, me desculpe", disse o humano. "Você é tão bom". Ela engoliu em seco antes de continuar: "Mas eu quero tudo. Agora eu sei como é. E quero fazer outra mulher gozar como eu. Eu só preciso ... só preciso saber como fazer isso direito".

"Acho que você sabe o que tem que fazer", disse Valéria, "como se tivesse feito isso consigo mesmo".

Ele estava impaciente agora, mas tentando não demonstrar.

"Eu preciso de você, eu realmente preciso de você agora. Não posso esperar mais."

Onna se esticou, virando o rosto para a boceta do elfo.

Valéria sentiu o dedo deslizar em sua vagina, ela ofegou novamente quando o prazer começou a crescer.

Ela precisava de libertação, ele precisava tanto dela agora.

Ela moveu os quadris para frente e para trás, esfregando o dedo contra o interior de sua vagina.

O vendedor de mapas estava respirando pesadamente, ainda inseguro.

"Sim, tudo bem", gemeu o elfo, "não pare."

Onna estava mexendo o dedo com impaciência agora, e Valéria estremeceu em antecipação.

A mão da mulher humana agora estava escorregadia com o sexo, enquanto o elfo beijava a parte interna da coxa, passando a ponta da língua sobre um lábio da vagina.

Com o toque de sua língua, o vendedor de mapas soltou um grito estrangulado, estendeu o dedo e agarrou as nádegas de Valéria com as duas mãos, forçando-a a abaixar a vagina até a boca.

Sua língua deslizou na boceta do elfo, deslizando inexperiente, até que ela encontrou o clitóris.

"Sim, aí mesmo!" Valéria gritou, esmagando os quadris contra o rosto da mulher.

Onna estava encorajada, sua habilidade e confiança obviamente cresceram.

Era tudo o que eu precisava, coragem.

O elfo não podia mais falar.

Ela ofegou, gritou o nome de seu amante, enquanto o delicioso prazer aumentava.

Ela veio de repente, suas coxas quase segurando a cabeça de Onna.

Foi uma explosão, sua paixão reprimida liberada em um momento repentino, seus gemidos ecoando os de sua companheira.

Ondas de prazer bateram em seu corpo, cegamente em branco.

Onna agora sabia exatamente como era ter o orgasmo de uma mulher no rosto ...

A HISTÓRIA CONTINUA EM:
CONAN O BÁRBARO
SEGUNDA PARTE

Don't miss out!

Visit the website below and you can sign up to receive emails whenever Erika Sanders publishes a new book. There's no charge and no obligation.

https://books2read.com/r/B-A-IGGS-DJPJC

BOOKS 2 READ

Connecting independent readers to independent writers.